GILBERT DELAHAYE
MARCEL MARLIER

Ayşegül
Küçük Aşçılar

YAPI KREDİ YAYINLARI

"Merhaba çocuklar! Ben şefiniz Karabiber. Herkes önlüğüyle kepini aldı mı?"

İlk ders: Eller yıkanacak, tırnaklar fırçalanacak. Temizlik çok önemli.

Ayşegül şaşkın şaşkın: "Aaa! Sen de mi buradasın Hakan? Ne işin var?"

"Merhaba Ayşegül! Ben de senin gibi kursa geldim. Aşçılık Okulu'nda bir hafta süresince ders görme fırsatını kaçıramazdım! Zaten hep aşçı olmayı hayal etmiştim!"

"Bu tarafa gelin küçük aşçılar! Şimdi alışverişimizi ve ilk alıştırmamızı yapacağız. Gördüğünüz gibi, bu kocaman masanın üstü sebze ve meyvelerle dolu. Oyunumuzun amacı, hepsinin adını elinizdeki defterlere yazmak. Kereviz, biber, hindiba... Kopya çekmek yok ama! Herkes kendi bildiğini yazacak."

Ayşegül, Hakan'a yaklaştı.

"Beş numara ne? Maydanoz mu, frenkmaydanozu mu? Hep karıştırıyorum!"

"Hiç bilmiyorum" dedi Hakan. "Ben de sana güveniyordum. Buradan pek göremiyorum zaten, gözlüklerimin değişmesi lazım."

Şef Karabiber "Güzel yemek yapmanın ilk şartı, kullanılacak malzemenin iyi olmasıdır!

Her zaman taze, mevsim ürünlerini kullanmayı tercih edin!" dedi.

"Gevşek, kokusuz, tatsız, ruhsuz olanları atın gitsin. Bize köy sebze ve meyveleri gerek; konuşkan, lezzetli, hayat dolu.

Şu elmaya bakın mesela. Kusursuz olmayabilir ama konuşuyor! 'Bende güneş, temiz hava kokusu var. Kabuğum serttir, dişlerin arasında kütürderim!' diyor!

Mımmm! İnsan böyle meyveleri gözü kapalı yer!"

Gözü kapalı mı?

"Körebe oyunu. Biliyorsunuz, değil mi? Sakın hile yapmayın. Elinizdekinin ya da ağzınızdakinin ne olduğunu bulmaya çalışacaksınız."

Güneş "Ben o oyunu biliyorum!" dedi. "Küçük kardeşime solucan yedirmiştim, hiç beğenmemişti!"

Solucan mı? Ayşegül'ün midesi kalktı.

İçinden "Bu çocuğun kardeşinin yerinde olmak istemezdim" diye geçirdi.

"Haydi bakalım yavru kuşlar, korkmadan açın bakalım ağzınızı! Eee, bu tadı tanıdın mı bakalım? Tatlı mı, tuzlu mu, ekşi mi, acı mı?" dedi Şef.

"Tatlı. Birazcık da ekşi."

"Bu tadın rengi de var… Kırmızı."

"Meyve. Ama hangisiydi? Dilimin ucunda ama…"

Göz bağının altında yüzü aydınlanan Ayşegül bulmuştu: "Ahududu!"

"Bir bilmece daha… Bu da tatlı ama ekşi değil. Biraz hamurumsu… Nedir?"

Çocuklar hep bir ağızdan "Muz!" diye bağırdı.

"Güzel! Şu acımsı şey nedir? Turp!" dedi şef.

"Mutfaktayken insanın koku alma duyusunu da kullanması gerekir! Şimdi bu küçük şişelerdeki özel kokuları bulacaksınız… Haydi bakalım!"

Ayşegül "Bu şişe lavanta kokuyor" diye düşündü. "Köydeki arkadaşlarımı, çok sevdiğim mor tepeleri hatırladım.

Şu da geçen yazdan bir akşam. Büyükannemin evindeyiz. Mutfağın kapısı açık. Birden, fırından yeni çıkmış tarçınlı kekin kokusu geliyor…"

Ayşegül bu yeni oyunu çok sevmişti.

Kokular insanın aklına görüntüler, yaşanmış anlar, renkler getiriyordu.

Bir sürü anı!

"Ayşegül! Ne o, hayallere daldın?"

Sıra geldi biraz temiz hava almaya... Çocuklar hep birlikte Aşçılık Okulu'nun sebze bahçesini görmeye gitti.

Bahçıvan "Lahanalarıma bakın, ne güzeller!" dedi gururla. "Hele şu balkabakları! Buraların en güzel balkabağı bunlar!"

Ayşegül gülümseyerek "Birazcık abartıyor" diye düşündü. "Amcam da böyle der hep!"

Sebze bahçeleri güzeldir. Hem sakin olurlar hem de hayat dolu.

Bu büyük bahçelere gelen pek çok kuş olur.

Bir salata yaprağının ucunu tırtıklar, birkaç tırtıl yer, sonra da lahana yapraklarındaki inci gibi parlayan su damlacıklarını içerler.

Mutfağa dönüş...

"Ekmek yapmayı biliyor musunuz?

Un, maya, su, tuz..."

Şef oranları söyledi. Şimdi malzemeyi tartmak gerekiyordu.

Ayşegül "Azıcık daha... Tamam!" dedi. "Şimdi de fazla oldu! Dikkat etsene!"

Güneş "Ama sen ekle dedin" diye homurdandı. "Tamam, geri alıyorum!" dedikten sonra unu üflemeye başladı.

Ayşegül'ün yüzü gözü un olmuştu.

"Haaap-şuuu!"

Güneş bir de gülüyordu üstelik!

Biraz ciddiyet! Hamur açmak için un, ortası boş kalacak şekilde dökülür,

ortasına da mayayla su eklenir, sonra da yavaş yavaş karıştırılır.

Hakan huzursuz olmuştu. "Yapışması normal mi?"

Ayşegül gülerek "Ekmek hamuru mu, canavar tuzağı mı belli değil!" dedi.

Biraz daha un ekleyince… Oooh, çok daha iyi olmuştu!

Hamuru çekmek, tekrar yoğurmak, bırakıp almak, uzatmak, koparmak, yeniden birleştirmek, biçim vermek… Ne zor işti!

Mayanın hamuru kabartmasını beklerken sebzelerin başına dönüldü.

Patatesleri küp küp kesmek, pırasaların beyaz gövdelerini, kerevizlerle soğanları doğramak gerekiyordu.

Ama soğanlar kahramanca direniyordu! Doğramaya çalışan zavallı Dilek hüngür hüngür ağlamaya başlamıştı!

"Ağlama Dilek! Doğramaya devam! Parmak uçlarınıza dikkat edin çocuklar!"

Şefin yardımcılarından biri araya girdi: "O koca bıçakla ödümü patlatıyorsun Ayşegül! Parmaklarını geride tut, şöyle Hakan'ın yaptığı gibi yap ya da şöyle tut ki parmakların kesilmesin."

Şef tam bir şefti! Bir şeyin yapılmasını istediğinde kimse itiraz edemezdi.

"Tereyağını tencerede, kısık ateşte eritin, sebzeler de suyunu salmaya başlasın. Dikkat edin, yapışmasınlar! Sonra pateteslerle su, tuz, karabiber ekleyip yarım saat pişirin…"

Ayşegül bu kokulara, tencerede cızırdayan ya da fokurdayan sebzelerin sesini işitmeye de bayılıyordu.

Hakan "Ben eskiden çorbayı hiç sevmezdim ama artık kazan dolusu içebilirim!" diye itiraf etti.

Biraz ileriden harika bir koku geldi.

Şef "Çikolatamız hazır" dedi. "Önce eritiyorum, sonra mermer üzerinde soğumaya bırakıyorum… Ama dikkat, hiçbir zaman mutfakta parmaklarımızı yalamıyoruz!"

Bunu söylemekte geç kalmıştı. Bazıları çoktan parmak uçlarını, daha oburlar daha fazlasını ağzına daldırmıştı bile! Ayşegül de dayanamamıştı. Sıcak çikolata o kadar nefis bir şeydi ki…

"Çikolata mı yemişim? Kim dedi?"

Şefin gözleri kocaman kocaman açıldı. Aslında tadına bakmayı kendisi de çok isterdi ama şeflerin örnek olması gerekiyordu.

"Haydi iş başına! Masada çikolatayla kaplanıp kremayla süslenecek pastalar var!"

"Kremayla biçim vermek hiç de kolay değilmiş! Hem yumuşak, hem her tarafa bulaşıyor…" İşte pastanın üstünde birden kremadan bembeyaz bir çiçek belirivermişti!

İkindi kahvaltısının zamanı gelmişti. Ekmekler fırından çıktı.

Ayşegül kendi ekmeğini hemen tanıdı. Yusyuvarlak, nar gibi kızarmış, sıcacık ekmeğini…

Hem meraktan, hem oburluktan ekmekten bir parça koparmaya başladı. Yalnızca tadına bakacaktı.

"Soğuyana kadar bekleyemeyeceğim, çok güzel olmuş! Hakan, Doğan, Güneş, Zeynep! Sizi ziyafete davet ediyorum!"

Mımmm… Tadı rüya gibiydi!

Sizce de dondurma serinlik ve yaz tatili demek değil midir?

Kendiniz yaptığınızda değildir ama.

İçine vanilya çubukları atılan süt kaynatılır.

Sonra yumurtalar kırılır, şeker tartılır, hepsi çırpıcıyla çırpılır... Daha daha!

Güneş iç çekti: "Çok yoruldum!"

"Dur, yardım edeyim" diye atıldı Hakan. Her zaman herkesin yardımına koşardı zaten. "Bak, işte böyle, "8" çizer gibi karıştıracaksın. Topak olmaması lazım!"

Kâseye çarpan çırpıcı çok güzel bir ses çıkarıyordu. Hakan yaptığı işten memnundu.

Ayşegül, küçük aşçı arkadaşını hayranlıkla izliyordu.

Kendi kendine gülümseyerek "Buradaki aşçılık öğrencileri arasında gerçek bir şef olabilecek tek kişi" diye düşündü.

Kurs bitmişti. Ayşegül'ün öğrendiği her şeyi yazmaya kalksak sayfalar yetmez. Ama harika bir yolculuk yaptığı kesindi. Görme, işitme, dokunma, koklama ve tatma duyularına yönelik bir yolculuk.

Sıra geldi vedalaşmaya ve hatıra fotoğrafı çektirmeye.

Hakan "Gelecek yıl için şimdiden kayıt yaptırılabiliyor. Ben mutlaka gelirim. Ya sen Ayşegül?"

"Hiç gelmez olur muyum?" diye cevap verdi Ayşegül.

Dikkat! Konuşmayı bırakıp gülümsüyoruz!

Çıt!

Ayşegül bugün erkenden kalktı.

Çok güzel kurabiyeler hazırladı, annesi de fırına koydu.

Hamurdan kestiği parçaları şekerde yuvarladıktan sonra hepsine güzel düğümler attı.

Şef Karabiber "Bunlar benim doğduğum köyün özel kurabiyeleri" demişti. "Adları 'Aşk Düğümü'. Yapılışları da çok kolay: Un, maya, su, biraz da tuz…"

Gerçekten de kolaydı. Küçük bir kız tarafından yapıldıklarındaysa daha sevgi dolu oluyorlardı…

Yapı Kredi Yayınları - 3386
Doğan Kardeş - 328

Ayşegül - Küçük Aşçılar
Gilbert Delahaye - Marcel Marlier
Özgün adı: Martine - et les marmitons
Çeviren: Füsun Önen

Kitap editörü: Korkut Erdur
Düzelti: Filiz Özkan

Grafik uygulama: Arzu Yaraş

Baskı: Promat Basım Yayım San. ve Tic. A.Ş.
Orhangazi Mahallesi, 1673. Sokak, No: 34 Esenyurt / İstanbul
Sertifika No: 12039

1. baskı: İstanbul, Temmuz 2011
4. baskı: İstanbul, Nisan 2018
ISBN 978-975-08-2046-5

© Yapı Kredi Kültür Sanat Yayıncılık Ticaret ve Sanayi A.Ş., 2016
Sertifika No: 12334
© Casterman
Bu kitabın telif hakları Kalem Telif Hakları Ajansı aracılığıyla alınmıştır.

Bütün yayın hakları saklıdır.
Kaynak gösterilerek tanıtım için yapılacak kısa alıntılar dışında
yayıncının yazılı izni olmaksızın hiçbir yolla çoğaltılamaz.

Yapı Kredi Kültür Sanat Yayıncılık Ticaret ve Sanayi A.Ş.
İstiklal Caddesi No: 161 Beyoğlu 34433 İstanbul
Telefon: (0212) 252 47 00 Faks: (0212) 293 07 23
http://www.ykykultur.com.tr
e-posta: ykykultur@ykykultur.com.tr
İnternet satış adresi: http://alisveris.yapikredi.com.tr

Yapı Kredi Kültür Sanat Yayıncılık
PEN International Publishers Circle üyesidir.